幻[illegible]極境

維特將軍的時空旅行

by Annemiek Steur 史安美

「回家路，不遠！」
透過舊懷錶，開啟了時空旅行，
地球上的維特是個平凡男孩，
在異世界化身龍騎士，捍衛另一個國家安全而戰。
然而，他卻毅然放棄這份榮耀，
即將親手終結這場奇幻旅程……

Vitya Malonti
Proloog van
Jonas Dubelaar

——荷蘭暢銷青少年奇幻小說中文版——

龍騎士的危機倒數
距離再遠，都要回到有你的世界……

幻龍極境

維特將軍的時空旅行

目錄 Contents

book was definitely viable. When Annemiek heard this her jaw dropped. She could barely believe it. It took her a few weeks to really take this in and believe that her book could be published one day. Considering her age, it was important that Annemiek could progress her book project and her writing at her own pace. Which she did. Some weeks I heard nothing about her writing, her book, the fantasy world she was creating for her book series. Other weeks she would be crashing into my office – I ran a translation agency from home, so I had an office with two computers. She would be virtually out of breath, urging me to let her work on the computer. "I really MUST write now… or else I might forget important parts of the book." I never saw her more excited about anything than during those moments. It was amazing to watch her work and following her passion. As time passed by and Annemiek developed her writing skills, the plot of the book, and the characters in her book, it was time to develop more skills. On the writing front, in terms of having a writing coach, who as I remember it,

【推薦序一】

一位母親寫給女兒的推薦序

An immortal journey

One day, when Annemiek was only 13 years old, she casually mentioned in passing that she had been writing stories. I was surprised to hear this, so I asked for the why and how. She explained it all started with writing stories for her younger brother and sister so as to keep them occupied during travelling by car and plane, particularly during our 5-week holiday on Vancouver Island. She then went on to say that this had inspired her to start writing a book. I was amazed to learn Annemiek had been writing a fantasy book, and as an entrepreneur myself, I asked if I could read it. She let me··· and we've never looked back. I got her in touch with a professional editor I had met a few years before, to get an idea of how viable this book was, and I was pleasantly surprised that she told us the

At that time, Annemiek had mapped out blueprints for her books – her vision of an 11 part series had taken shape fairly early on – and she also discovered how essential it proved to write character outlines. Another special element Annemiek introduced in her books, is the language she constructed for her fantasy books. This is a highly personal and an impressive reflection of her own life journey, having studied, 8 different languages, including French, Spanish, Latin, Greek and Chinese So, the proud moment arrived: publication of her first book, at age 15. She took a stack of her books, including matching bookmarks to fantasy fairs, first to a local one, but in subsequent years to fantasy fairs all over the country. She looked the part, too, in appropriate fantasy attire. Her public life as a fantasy author had started. A journey that she embarked on when she was only 10 years old and she has turned into an immortal journey that travels the world.

Saskia van de Riet

has helped her to write dynamic and powerful dialogues. On the business side, Annemiek embarked on a series of marketing and business seminars to find an effective way of finding a market for her books. When, at age 15, it was time to publish, another phase started. It was time to edit, proofread, do some more editing. This was a challenging time for Annemiek, as she discovered that her writing style had matured within the two years, and this required a lot of time, reflection, perseverance and meticulousness from her. I had a lot of respect for her drive and motivation to do all this. I was fully aware of her immense passion for the fantasy world she had created. Amazing drawings of dragons, the main character and country maps would appear. I admired the clarity she had that made her focus on various aspects of her life, as she studied hard to pass her grammar school, took up Chinese as an extracurricular language subject at school, played waterpolo at regional level and learning how to play the piano. So, whilst editing her first book, to get it ready for publication, book two appeared.

【推薦序二】

深具潛力的小說家，帶領穿梭時光之中！

從小看《魔戒》、《納尼亞傳奇》的安美，因科幻小說開啟了她自由的幻想。七歲時，在飛機上第一次寫出自己的小小說，非常可愛，也非常具有創作的潛力。

《幻龍極境》是安美在台灣初試啼聲的作品，故事的第一章就帶領讀者進入了時空旅行。

讓我們跟著維特的那塊錶，穿梭在時光之中吧！

國立臺灣師範大學國語教學中心
胡睦苓

【推薦序三】

奔放不拘的想像空間，深具吸引力的魔法故事

第一次看到史安美時，炯炯有神的眼睛，令人印象深刻。那雙深邃不見底的眼睛，彷彿蘊藏著許多待人探索的事物，不可諱言也使我產生些許緊張。在我三十多年的教學生涯中，有如此眼神的學生不多見，我的第一反應是「不容易滿意」的學生，然而從背景來看，荷蘭萊頓大學的學生又一向給我留下好印象。

學期開始後，我的第一印象很快就改變了。史安美在課堂上的表現，充分顯現出她是一位積極主動，且有思想的好學生。課堂上討論的主題，她都能侃侃而談，在獨特的見解中，兼具趣味及深度，讓身為老師的我，慶幸班上有個能發表自己，樂於互動的好學生。

探究史安美的優異表現，不難發現源自於她豐富的知識，以及極具國際觀的經歷。這些應該也是培養她豐富想像力的養分，在奔放不拘的想像空間，創造力應運而生。

她透過靈活的文字，將自己的想像力化為一篇篇引人入勝的故事，呈現在讀者面前，引領大家進入浩瀚的夢想世界。

當我聽到她已出版了好幾本書時，實在不太訝異，也很為台灣讀者高興，能如此親近地看到史安美具有吸引力的魔法故事。

國立臺灣師範大學華語文教學系

孫懿芬

【自序】

歡迎光臨我的奇幻國境——寫給台灣的讀者

我的童年是在荷蘭一個小鄉村度過，當時還是一名孩子的我，就一直很喜歡閱讀，每隔三週，就會從圖書館帶回十本以上的書本，直到十歲時，才搬到了一個小城市，就在那個時候，我開始探索了寫作，開啟了美好的契機。

從閱讀啓蒙，一頭栽進寫作奇幻時空

一趟前往加拿大的假期旅行中，不得不坐上九個小時的飛機，飛行過程相當漫長，因為覺得很無聊，所以決定寫下腦海中關於精靈的故事，一部奇幻小說於焉誕生。後來，我讓家人、朋友看了這本只有三十頁的小說，發現到他們對我所寫的內容產生極大的興趣，在此同時，我一頭栽進寫作的世界了！

小學畢業之後，我繼續就讀首府茲沃勒的中學。由於家裡距離學校很遠，每天得花上大約兩個小時通勤，於是這段上學的路上，正好給了我充足的時間來構思我的書。偷偷告訴你一個小秘密，我也曾利用數學課來寫下一點東西，因為打結的數字使我感到厭倦，比較之下，我更喜歡運用魔法語言。「Jonas Dubelaar」就是在每天上學途中醞釀出來的故事，這可能暗示了「語言」才是我的強項。

十五歲那一年，我完成了「Jonas Dubelaar」系列 *Grezhel* 和「Vitya Malonti」系列的第一本書，在荷蘭獲得了相當好評，也加深未來成為專職小說家的美好信念。

時空旅人，跨越九千多公里的成品

七歲的時候，我發生了一場車禍，因此曾經想過成為一名外科醫生，後來想為社會做出一點貢獻，於是選擇了文化和語言課程，自此與中文結下不解之緣。

依稀記得，第一次上中文課是在十六歲的時候，那時的我已經放棄了成為外科醫師的夢想，轉而愛上了中文。

它與我曾經學習過的任何歐洲語言（荷蘭語、英語、德語、法語、西班牙語、古拉丁語，以及古希臘語）完全不同，令我完全著迷，所以決定在中學畢業之後，前往萊頓大學（Universiteit Leiden）修習漢學系（Chinastudies）。

現在，我已經取得學位，卻亟欲精進與練習中文，因緣之下，跨越九千多公里的旅程，來到台灣成為一名交換生，緣份實在太難以捉摸了，與此同時，我的父母在這期間飛來台灣探望我，提到何不在台灣出版我的奇幻小說呢？聽到的當下，真覺得這個主意太瘋狂了，然而這個想法卻在我的腦海中盤旋不去。

「不會有人這樣做？」我想，作為一名時空旅人，沒有什麼事是不可能的！

如今，《幻龍極境：維特將軍的時空旅行》（*Vitya Malonti:Proloog van Jonas Dubelaar*）果真就呈現在眼前，與心愛的讀者見面了！

在此，我相當興奮地邀請你閱讀我的故事，一起走進奇幻的大門。

本書人物介紹

維特・馬龍堤（Vitya Malonti）

三十四歲，身材高大瘦弱，有著一頭長長的金髮，藍色的眼睛，重視忠誠、責任、家庭的男人。他在十幾歲時，意外在一棟廢棄的屋子發現了可以穿越時空的機器——有著懷錶外觀的L.A.M.，穿過時空隧道，開啟了越界之旅。

因其魔力比他人還要強大，被香娜的國王招募成為軍事指揮官；與龍族——泰勒夫簽下契約成靈魂伴侶之後，他可以吸收周邊的光明元素化為己用，同時在「銀子戰役」裡，擊敗國王的弟弟，避免了一場大戰。

特林斯·馬龍堤（Trinsr Malonti）

二十一歲，高大、體型正常，黑色的頭髮、蓄著短山羊鬍子，以及棕色的眼珠。他是菲絲莉亞的長子、維特的外甥，已經學習了十幾年的魔法與劍士的技能，知道如何運用軍刀、戰鬥技術，以及將環境中水元素，轉化為自己的魔法，前些時間才剛從魔法學校畢業。非常崇拜他的舅舅維特，並且雄心勃勃地想要成為軍事指揮官的繼任者。

賽勒·馬龍堤（Ksainer Malonti）

十四歲，身材瘦弱的少年，擁有著和維特相同的金髮，是菲絲莉亞的小兒子、維特的外甥，沒有明顯的魔法技能。除了菲絲莉亞，他不喜歡與人接近，對生活沒有熱情，並不清楚自己的目標，因此他對特林斯和維特感到厭惡，因為他無法理解什麼是激情和野心。

菲絲莉亞．馬龍堤（Phisila Malonti）

三十八歲，體型正常，在一頭金髮中，夾雜著一些灰白色頭髮，擁有一雙灰色的眼睛，是維特的姐姐。多年前，和維特一起來到了這個世界，並且與巫師相戀結婚，從此定居於此，她有兩個兒子。菲絲莉亞沒有非凡的魔法能力，她重視和平、秩序和家庭，喜歡順其自然，不喜歡無中生有的事情。

泰勒夫（Tylrav）

龍族，白翅龍。維特的搭檔與心靈夥伴。泰勒夫的魔法主要是水元素，可以將它轉化為冰，此外他也可以吸收火元素，利用火進行攻擊。他是一個忠誠、善解人意、獨立，和富有同情心的龍。

斯林（Sringritia）

龍族，紫翅龍。特林斯的搭檔。她的魔法技能可以將周遭有毒的植物轉化為己用，同時，她也可以吸收火元素，噴出火焰攻擊敵人。斯林聰明而完美，因而姿態較為高傲，卻總是願意幫助其他人。

崗取爾（Ghanzjer dja Verydé）

五十五歲，灰白的頭髮和長長的鬍鬚，是異世界的人類之王，據說擁有神奇的力量，但除了他自己之外，沒有人見識過。個性有一點偏執，希望維特可以為了王國的安危，放棄他在人類世界的身份，永遠留下來。

愛芙汀（Aftrinae dja Verydé）

二十八歲，擁有一頭波浪棕色頭髮和一雙灰色的眼睛，是崗取爾的大女兒，也是王位的第一順位繼承人。她是一個聰明，但偶爾天真的女子，在公共場合維持著身為公主的形象，努力學習管理國家內務，希望可以成為令人景仰的女王。

魅萊絲（Maereis dja Verydé）

二十五歲，黑色長髮和一雙綠眼睛，愛芙汀最小的妹妹、崗取爾的小女兒，雖然沒有系統性學習過魔法，但她一出生就擁有強大的魔法波動。小時候，經常做一些常人無法理解的事情，使得周遭的人們對她避之唯恐不及，魅萊絲試圖擺脫國王「保持正常」的要求，總認為自己老是受到誤解。

曼德爾（Mandèle）

六十歲，「羔羊的腿」客棧老闆娘，熱情且善體人意。

波根（Progan）

六十五歲，灰白的頭髮和蓄著大片的鬍子，前軍事指揮官，是維特的好朋友。一個典型擁有傳統觀點的老人，喜歡八卦和希望可以平淡安穩地度過退休生活，脾氣容易暴躁，偶爾有些小貪婪，但總體上是個好人。

艾瑪（Emma）

三十二歲，維特的太太，對於維特的時空旅行並不知情。

黏液人（Vlehrmice）

黏糊糊的原始人，沒有高等智慧的生物，是魅萊絲為自己的慾望所建立的一支軍隊，只聽從她的指示。

01

羔羊的腿

一個秋冬之際的午後，陽光透過窗沿，斜照在小木桌上，這是一家名為「羔羊的腿」的客棧。

因為屋內的燈光昏暗，雖然是午後時分，看起來卻像是夜晚，整個酒吧最多的燈光源自於爐火，以及燭台上的大蠟燭。

酒吧的老闆娘曼德爾不時地加入幾塊木頭，使得火焰可以繼續燃燒。

維特獨自坐在酒吧的角落裡，低著頭盯著小木桌上的缺口，偶爾抬起頭，凝視著壁爐中的火焰，又低下頭，似乎在想些什麼。

曼爾德在櫃檯與桌子間來回招呼、打掃著，不時地走進廚房接收訂單和收拾盤子，直到傍晚時刻，她站在維特的桌邊。

「你想吃點什麼嗎，維特先生？」曼爾德溫和地問。

「喔，曼爾德小姐，」維特驚訝地抬起頭，「一小杯紅葡萄酒就好，謝謝妳。」

「好的，維特先生。」

幾名男子在曼爾德經過的時候，往她的方向吹了幾聲口哨，讓她的臉頰泛起了紅暈，趕緊走向櫃台，順手抓了一瓶紅酒走進廚房。

此時，有著一把粗糙灰色鬍子的男人推開門，走了進來。

「啊，維特，又回來啦？」波根看見坐在角落的維特，粗聲問道。

「是啊，我不能把他們留在這裡。」維特待波根走近後才回答。

波根自顧自地在維特身旁有些搖晃的凳子坐了下來，眼神因為慾望而閃爍了起來。

「好吧，告訴我，你是怎麼找到那塊錶的？」波根嘶啞地笑著。

「喔，我只能這麼說，當你做了正確的決定，黏液人絕對不會保持沉默。」

維特神秘地看著他的晚餐同伴。

「維特，維特，你不必這麼堅持你的年齡。」

「波根，我今年已經三十四歲了！我不是小朋友，我可以正確表達自己的意圖。」

「好吧。」波根揮手打斷維特的話，「我相當清楚知道，你已經完美地達成了任務。」

「別這麼說，那只是被誇大而已，你知道的，我不喜歡誇大的故事。」維特反駁，「你還記不記得，我第一次騎上龍的時候？我也不是一次就成功。」

「沒錯，」波根似乎想到了那時候的片段，笑了起來，「你只是一直摔下來。」

「這證明沒有人是完美的，我也不例外。」

「我沒這麼說，但是你已經非常接近完美了。」

「好吧，不要完全相信誇大的故事。」

波根轉頭環視了周圍的人，看看是否有人留意到他們的談話，同時將身體向前傾，低聲地說，「因為那些事蹟，你才會得到L.A.M.！」

「我知道了。」維特身體也朝向波根前傾，低聲說道。

「所以這是真的嗎？」波根問。

「我只是說現在知道外面謠傳的那些故事了。」維特聳聳肩，無奈地說。

「但是你也不否認它！」

當維特想要回答時，就見曼德爾走到他們的身旁，手裡拿著一瓶紅酒，以及一支酒杯。

「請用，維特先生。」她替維特倒了杯葡萄酒，放在木桌上。

「謝謝妳，曼德爾。」維特端起酒杯，啜飲了口紅酒，跟曼德爾道謝。

「喔，波根先生，你還想要點什麼嗎？」曼德爾後退了一步，語氣溫和有禮地詢問。

「給我來份豬腳吧！」波根像是沒有看見曼德爾的動作，向前抬手劃過她的臉頰。曼德爾立刻將頭轉開，眼神快速閃過一絲厭惡，迅速轉身走向櫃台。

「你明知道這樣對她起不了任何作用，不是嗎？」維特看見曼德爾拿出紙巾擦了下臉頰，對著波根說。

「是的。」波根聳了聳肩，浮上一個惡作劇得逞般的微笑，表示自己只是想玩點小遊戲罷了。

同時，他發現維特想要藉此逃避他的問題，他才不會稱他的意，於是波根把手肘靠在桌上向前傾，眼睛緊緊盯著維特，試圖從他口中套出一些資訊。

「為什麼你需要那塊錶呢？」

「我以為你聽到了那麼多，應該都知道了。」維特轉了轉手中的酒杯，沒有正面回答波根的問題。

「是的，但那是全部了。」波根原本緊繃的身體瞬間放鬆，懶洋洋地回答。

「那你也知道了，我為什麼需要這塊懷錶了。」維特說。

波根的胳膊不安地動了動，朝著櫃檯喊道：「豬腳好了沒？」

「你怎麼會認為，豬腳大餐可以在五分鐘內就準備好了呢？」曼德爾邊擦手，邊從廚房走出來，瞪著正在催促的波根。

「嘿嘿……。」儘管波根有魁武的身材、剛硬的外表，面對曼德爾時卻退縮了，只好弱弱地傻笑。一旁的維特目睹了整個過程，咧嘴微笑地看著波根。

「怎樣？」波根瞪了維特一眼，低吼道，「什麼時候？」

「嗯，」維特望著他，「大概一個月內左右。」

「你要用那支錶回到原本的世界？」波根問道。

「是的。」維特似乎想到了什麼，抓著酒杯，看了一眼沒喝幾口的紅酒，嘆了口氣。

與此同時，他的目光轉向了壁爐，看見曼德爾正在悶燒的火爐上添進了幾塊木頭。儘管客棧隱隱散發著老舊木頭的霉味，然而汗水、啤酒和食物的味道卻更加濃烈，沉浸在回憶中的維特卻絲毫未覺。

◇　◇　◇

維特在十九歲以前一直認為自己是個平凡的學生，與大部分同年齡的男孩一樣有些調皮，從來沒有想過除了地球之外，還有另一個時空的存在，直到他在一處廢墟的閣樓發現了一支錶。

那天，也沒什麼特別的事，氣候舒爽，一切如常，街角的咖啡店還是人滿為患，街道旁的花店老闆忙碌地將花束包好，公園裡的孩子們開心的玩鬧，散步的人兒愜意地走在磚紅色的街道上，感受著微風迎面吹過。

當這些人沉浸在這些平靜氛圍之下，根本沒有意識到，兩個街區外卻慢慢醞釀著一股詭譎的氣場。

兩個孩子站在長滿了青苔的別墅面前。

儘管天還未暗，但陽光彷彿被吸進了深淵一般，一絲一毫的光線都照射不進來，讓這棟房子莫名添增了一股陰森感。

「嘿，維特，我們真的要進去嗎？」一個女孩拉著維特的手臂，不願意再踏出一步。

「當然，菲絲莉亞，妳不覺得這是個有趣的冒險嗎？」維特拉著女孩的手，推開別墅的大門，走了進去。

「我才不覺得有趣呢！維特，維特！等等我。」菲絲莉亞站在門口嘟囔，眼看著維特的背影快要消失在黑暗中，沒有時間可以猶豫，菲絲莉亞趁著大門關起來之前細微的光線，找到了維特的手，緊緊地跟在他身邊。

「維特，為什麼我們要來這裡？」

「好幾個晚上，我都做了同一個夢，醒過來後，卻完全不記得細節，只記得夢裡有個聲音一直在喊著我的名字。」維特走上一旁的樓梯，因為年久失修，樓梯好幾處都已經被踩破了，只能透過太陽照射進破碎窗戶的微光，小心翼翼地踩著階梯。

「直到昨天我經過這棟屋子的時候，它給了我很熟悉的感覺，好像在哪裡見過，所以我決定來一探究竟。」維特的眼神中透出奇異的光芒。

維特帶著菲絲莉亞一層一層往上走，整棟房子都佈滿了青苔，明明天還亮著，卻有種已經天黑的錯覺。陣陣的風從破了洞的窗戶吹進來，在空曠的大廳中發出嗚嗚的低鳴，彷彿有人在哭泣，平白多了一些恐怖感。

「維特，我們回家吧。」菲絲莉亞拉了拉維特的手，想要讓他回頭。

「嘿！有誰在那裡？」突然，一個低沉的聲音從門口響起，身後一道光線在屋內亂竄。

「糟了，是警衛！」原來是巡邏的警衛，雖然已經長期沒有人居住，為了避免有人在這裡群聚鬧事，每天定時都會有人來巡邏。

「趕快，我們往上走！」維特拉著菲絲莉亞往上奔跑，隨便找了間房間就躲了進去，剛好躲進了整棟別墅最高的閣樓。閣樓裡，只有一扇小窗，無法照亮整個房間，維特打開早已準備好的手電筒，環視了四周。

「這裡也沒有什麼啊，我們快走吧！」

「欸，等等，好像有什麼東西在那個箱子裡？」突然，維特的目光被角落所吸引，拉著菲絲莉亞向箱子靠近。

這只是個普通的箱子，沒有過多的裝飾，僅僅是用一把舊式的鑰匙鎖鎖住，可能是年歲已久或曾有人動過，鎖頭已經有點鬆脫，維特只是輕輕碰了一下，鎖頭瞬間掉落，他緩緩打開箱子，將手電筒湊近木箱，只見裡頭有一支懷錶。

「壞了嗎？」維特伸手將懷錶取出來，指針卻沒有在動，仔細看了看懷錶，發現後邊有個凸起，上面有幾個刻度，維特將凸起轉向其中一個刻度，按了下去，一道光從中發射出來，照亮了整個閣樓，刺激得維特和菲絲莉亞下意識閉上眼睛。再次睜開眼時，出現在兩人面前的是一道閃著藍光的隧道。

「因為好奇，我們藉著L.A.M.——這個時空器具，前往各個世界，沒想到來到香娜以後，菲絲莉亞在這裡找到了一生的伴侶，而我也常居於此，替國王解決一些麻煩，肩負起了護國將軍的角色……。」維特喃喃地說。

◇　◇　◇

「維特？維特．馬龍堤！」波根提高音量，將沉浸在回憶的維特拉回了神。

「波根，你說什麼？」

「我說，那支錶是你從國王那裡借來的？還是在矮人國裡找到的？」不打算深究維特剛剛的走神，波根試圖探查真相，他對這支錶充滿了好奇。

「據我所知，目前只有兩支錶，一支是王室的財產，另一支是我從矮人國得到的。」波根點頭表示理解，「那麼，你回去後，泰勒夫該怎麼辦？」

泰勒夫是維特的龍，同時也是經歷生死的夥伴。

「我還不確定。」想到泰勒夫，維特的心情一下子低落起來。

「你可以帶他回到你的世界啊！」看到維特苦惱的樣子，他提議道。

「不，波根，」維特搖了搖頭，「在我的世界裡，是沒有龍的存在，要是我把泰勒夫帶回去，可能會被警察殺死，或是被帶到實驗室解剖。」

「警察？那是什麼？」

「嗯，是一種……保衛城市的人，也許看起來是那樣。」

「為什麼你一定要離開呢？留在這裡不好嗎？」

「我想要再次見到我的家人，我已經長達六年沒有見到我的妻子了……」維特將手中的紅酒一口氣喝掉，「儘管對她而言，也才過了幾小時。」維特拿出一張相片，面容悲傷地說。

相片上是一名有著紅棕色長髮，有些小雀斑的可愛女性，也是維特在之前短時間回到地球時，認識的女人——艾瑪，維特的妻子。

那時，還是維特第一次從這個世界返回地球，穿著一身中古世紀的服飾，出現在一所學校的社辦裡。

「這裡是……好像不是原本的閣樓？」周圍一堆堆的服裝、道具，在在表明維特現在的位置，「看來位置是隨機的啊，不過衣服居然還是那個世界的衣服，等會兒該怎麼解釋呢？」

「你……你是誰？」一個女生突然出現在維特的背後，「還穿著我們的戲服？」

「啊……那個……我是……」

「啊，算了，你趕緊跟我過來，我們剛好缺了一個路人。」女生打斷了維特的解釋，拉著他就往外走。

「等等，妳要帶我去哪裡啊？」

「放心，你只要在台上當背景就好了，」女生終於停了下來，「什麼都不用說，去吧！」

「什……什麼？啊！」維特還沒搞清楚狀況，就被推了上去。台上的聚光燈打得很亮，看不清楚台下究竟有多少人，維特只好照著那個女生的話，充分當個會走路的布景。

「太感謝你了！雖然只是個布景，但少了一個人，總歸還是不太對勁，觀眾一眼就會看出來了。」女生在維特下台時，馬上跑到他面前，「我是艾瑪，很高興認識你。」艾瑪伸出手，對維特微笑道。

「維特，妳好。」維特回握，這是兩人第一次見面。

維特經常穿梭在兩個世界之間，每當回到地球時，他總會約艾瑪出門逛逛，也許是看場電影、在街角咖啡店吃蛋糕，或僅僅是在公園中散步，看似平凡無奇，甚至有些老派的約會行程，對維特來說，卻是難得悠閒的時光。

維特將在異世界的所見所聞當作聊天的素材，而艾瑪從來都是很認真的聆聽，並且發表自己的看法，讓維特感覺彷彿找到了知己。

從此，他藉著L.A.M.成為一名時空旅人，在地球上當個平凡男孩，跟一個女孩約會；回到香娜，肩負起一個軍隊的將軍，守衛一個國度的安全與和平。

◇

◇

◇

轉眼之間，維特來到這個世界已經九年了。然而，對艾瑪來說，卻只有幾小時的光景。

時間上的差異讓維特開始感到恐慌，使他決定放下一切回到地球，只為了能夠與艾瑪活在同步的時空下。

「六年沒有女人啊？」波根像是吃了酸梅似的，整張臉皺了起來，「哎呀，那確實很辛苦啊！」

「請把你現在腦中的想法丟掉！女人可不是一種玩伴！」維特聽出波根的言下之意，坐直身子，嚴肅地看著波根。

「喔，不不——，我沒有這個意思……」波根發現自己說錯了話，急忙挽回。

「你難道不是這麼認為的？」認識波根這麼多年，維特也很了解他對女人的看法了。

「好啦，我對女性的態度可能跟其他人不一樣，但我絕無惡意！」波根為自己辯解。

「喔，我明白若是你長達六年沒有女人，那會是種什麼樣的痛苦感受，但我是真的很想念妻子，這才是我想要回去的最大原因。」維特停頓了一下，「當然了，魅萊絲還是個未知數，未來她可能會是王室的最大威脅。不過，我相信你們有能力解決這個問題，唔——，也許我還會有個兒子呢，不是嗎？」

「我不知道你還有兒子呢？」波根打算繼續問下去，隨即被維特打斷。

「看來我們的話題得告一段落了。」維特往櫃台的方向示意，「你的豬腳大餐要來了。」話剛落下，曼德爾便將一張別緻的粉色餐巾鋪在老舊木桌上，同時放下一個巨大的碗。

「曼德爾，」波根憤怒地叫了女老闆的名字，「為什麼要鋪上這種女性化的餐巾，這看起來……看起來太羞恥了！」

「因為你總是吃得亂七八糟，所以我採取了預防措施。」曼德爾直起身子，看著波根微笑道，「這個回答您滿意嗎？波根先生。」

「不！」波根拍了下桌子怒吼。

「這就是你的問題了，波根先生。」曼德爾放下乾淨的盤子，轉身回到櫃台，不再理會背後的怒吼聲。

維特不想看到波根毫無教養的舉動，轉頭將目光落在客棧另一側的三個人身上，他們正在狼吞虎嚥，因為撕咬雞腿肉的動作太大，原本已經有些年歲的矮凳，搖晃得吱吱作響，彷彿隨時會被肢解。有的從嘴邊流下口水，也只是用手背隨便一掃，便抹在衣裳下擺。

維特將目光移回波根身上，頓時覺得他的吃相已經很斯文了。

「你不吃嗎？我還以為你喜歡豬肉？」

看見波根只是盯著桌上的豬腳，卻沒有任何動作，維特開口詢問。

「喜歡，只是那塊餐巾顯得很多餘。」語畢，直接將豬腳切開，跟客棧裡的人一樣，徒手拿起豬腳，用利牙一口咬掉了一塊肉。

02

最後的任務

站在香娜首都——海勒，宮殿台階前的維特，溫柔的日光灑在他的身上，吸了一口冷冽的空氣，維特還注意到，掛在拱門的鮮花，在微涼帶著水氣的空氣裡，透過晨曦的折射，花瓣上的露珠，晶瑩的露出光澤。

維特看到廊廓兩側的大理石樑柱上，一隻駝背的妖精走了過來。

「你可以去會議室，國王已經在等你了！」小妖精努力地抬起頭，終於看見維特的臉後，對著他說。

隨後，不等維特的回答，小妖精便轉身就走，消失在另一條走廊裡。維特繼續往走廊的盡頭前進，他的腳步聲吸附進地毯裡。

逕直走到了紅地毯樓梯的尾端，維特抬頭看著大廳的匾額寫著——「鐮刀室」，鐮刀室的左右兩邊各自連接著一條大長廊，那裡儲存著宮殿最重要的能源系統。維特抬腳走進大廳，在他面前的是四扇厚重的木門，每兩扇門中間都放置著一張散發特殊香氣的黑檀木桌子，桌上擺放著華麗雕飾的花瓶，插上了香娜特有的稀世花朵。維特心裡很清楚這些木門背後的秘密。

維特敲了一下中間的木門，聽見有人咕噥地說：「請進！」維特昂著頭，邁步走進大廳。房間的正中央擺放著一張長條型的黑檀木桌，國王就坐在盡頭的寶座上面，身側是他的愛女——愛芙汀。

「敬愛的國王陛下、愛芙汀公主，很榮幸再次見到你們。」他把目光轉向微笑的國王崗取爾，並與他的大女兒對視了一下，然後謙恭地鞠躬問好。

「你的外甥特林斯順利從魔法學校畢業了，對嗎？」

「是的，國王。」維特抬起頭。

國王抬手示意可以坐下了，維特拉開精緻的椅子坐了下來。

桌上鋪著白色編織的織錦桌布，擺放雕飾著華麗圖騰花瓶，裡頭插上了香氣迷人的白色花朵。

「昨天一接收到這個消息，吾就想到你。」國王嚴肅地說。「吾已經知道，你不想再為這個王國服務了，吾想問到底是為什麼？」國王提出疑問。

國王以及愛芙汀緊盯著維特，事實上，他們都知道答案是什麼，可是按照程序，他還是要正式地得到維特的回答。

「是的，國王。我渴望與我的家人生活在一起，再加上，我的存在，對貴國來說已經不再那麼重要了。」在國王的威壓下，維特緩緩吐出一口氣，堅毅的說。

「如果特林斯還沒畢業的話，那你就有留下來的打算嗎？」國王問。

維特抬起眉毛，想聽清楚國王背後的目的，於是向前傾聽。

「很抱歉必須說出來，恐怕吾的女兒魅萊絲，將會重蹈吾弟——薩德里斯的道路。」國王提到自己的小女兒時，流露出身為父輩的無奈。

愛芙汀把手放在國王的肩膀上，無聲安慰，他把目光從桌子邊緣轉開，再次注視著維特。

「但是，我在九年前失手殺了薩德里斯啊！」維特突然站起喊道，幾秒鐘後，他才平靜下來，重新坐回柔軟的椅子，然後把雙手放在扶杆上。

「只要魅萊絲熟悉吾的皇弟，她就會遵循既有的行為和概念，並且付諸行動。」國王灰暗的眼眸中湧動著淚水。

薩德里斯以前是個傲慢，並渴望擁有權力的好戰分子，他為了擴大自己的軍權，發動了一場「銀子戰役」，薩德里斯在這場戰爭中，被已經是將軍的維特所殲滅，耗時多年，終於平息了這場在首都海勒的戰事，這也是維特如此受到國王推崇的原因。

「魅萊絲利用光明無法照射到的角落，為自己建立一支黏液人軍隊。幸虧這些生物相對容易被擊敗，也許就是這樣，我才把魅萊絲所做的事情，視為一種青少年叛逆行為。不過，吾希望你能解決這個隱憂……」國王說。

魅萊絲在國家的各個角落蒐集黑暗能量，舉凡悲傷、憤怒、忌妒等負面情緒都是她的能量來源。魅萊絲在黑暗角落中發現了他們，並且用魔法控制，使之可以聽從指令。黏液人長相畸形，有著巨大的腦袋和一雙占了頭部三分之一大的眼睛，沒有鼻子耳朵，直立起來有兩米高，全身流著——看著就黏呼呼的——綠色液體的黏液人。

長期居住在陰暗潮濕的地底下，可以把任何生命體腐蝕掉，因此他們每走一步，方圓幾呎的花草瞬間枯萎，若是他們大舉經過，那片地區將成為一片荒蕪。

而這支軍隊僅聽從魅萊絲的命令，這些黏液人也只是沒有思考能力的傀儡，在黏液人的軍隊中，會有一個類似領導的角色，他可以把魅萊絲的命令傳送給其他黏液人，他們的腦袋裡有一個神經系統可以接收命令，只要將領軍人物的神經系統破壞掉，所有的黏液人頓時失去目標，只能呆站在原地了。

「所以在未來，她會成為一個未知的定時炸彈？」維特問道。「這意味著我不能離開嗎？」

「吾當然希望你可以留下來，繼續保衛著這個國家。」國王停頓了一下，「不過，特林斯已經畢業了，若是他的能力可以與你媲美的話，他就可以繼承你的將軍軍銜。」為了保障國家的安危，除非特林斯可以勝任，否則不論用任何方法，都要留下維特。

維特得知他不必留下來，面對著可能發生的戰役，鬆了一口氣。

「特林斯？他是幾個月前，在豐收節那天來拜訪，並且帶著一條龍的那個男孩嗎？」愛芙汀突然問道。

「是的，吾的孩子。他們是同一個人！」國王簡略地說。

愛芙汀的臉頰上出現了淡淡的紅暈，有些羞澀地盯著地板。

「那麼，我可以回去了？」維特並不在意父女倆之間的短暫交談，維特在對話空檔詢問是否可以離去。

「當然，但吾仍然希望你可以留在特林斯身邊，陪伴他練習。特林斯是一個好孩子，雖然以輝煌的成績從學校畢業，不過他終究太年輕了，缺乏一些實戰經驗，若是有你的輔導，他可能變得更加厲害！」國王還是表達了他心中的想法。

「我不用留下來教他，他夠聰明，可以應付的。」維特誠摯地說。

他知道特林斯有足夠的野心，可以肩負起並完成香娜軍隊的任務。

「吾不勉強你，但是教導他如何面對詭譎萬變的衝突，沒有人比你做得更好。」國王退讓了一步。

「啊，謝謝您的抬愛！」維特有些受寵若驚，他以為還需要再跟國王拉鋸下去，沒想到居然是誇讚他的能力。

「你認為吾是過度吹捧嗎？」國王溫柔地問道。

「是有那麼一點，目前我還不知道如何安置泰勒夫，也許他可以留在我姐姐家裡，但我不知道這是不是一個明智之舉。」維特說，關於泰勒夫，他暫時想不出更好的辦法。

「吾無法想像特林斯該怎麼應付泰勒夫，他似乎有些傲慢。如果交給特林斯，他們可能難以溝通吧。」國王搔搔頭說。

「泰勒夫並不傲慢。」維特冷靜地說道。

「不，吾不是故意這麼說的。但如果你把他放在舊學校的馬廄裡，應該好過他待在宮殿！」國王建議道。

「是的，我已經考慮過了。泰勒夫無法融入我原來的世界。」維特痛心的說。

「你什麼時候再回來呢？」愛芙汀開口插入對話。

崗取爾突然打斷他女兒說話，轉頭在她的耳邊低聲說些什麼，但距離有些遠，維特只能聽到「學會獨立……王位交給妳……別依賴別人」這幾句話。

維特眨了眨眼，「您說什麼？」

「喔，你什麼時候回來帶走泰勒夫？」愛芙汀抿了抿嘴唇，換個方式問。

提到泰勒夫，維特心口突然緊縮了起來。

◇　◇　◇

泰勒夫跟著他經歷了許多大小戰事，不論是帝國周邊的小戰爭，亦或是九年前那場「銀子戰役」，都是一個個刻骨銘心的回憶。當初，一人一龍還互相看對方不順眼，在訓練初期，一度因為泰勒夫不承認維特的主人身份，訓練期間絲毫不配合，讓一人一龍的矛盾升級。

「我絕對不會承認，連最基礎的平衡，都做不到的人類當我的夥伴。」

在空曠的草地上，只有幾棵樹以及植物，半空中的一隻白龍成為注目焦點，

往前近看會發現到，他人性化的將爪子環抱在胸前，鄙視地看著地上的人類。

「分明是你在亂飛！」維特站起來，抬頭指著泰勒夫大喊。

「難道在戰爭過程中，我還要停在半空中讓你抓住平衡嗎？」泰勒夫飛低了一點，將頭湊近維特，「不被打下來才怪！」

「我……」突然一陣天搖地動，截斷了維特的話語，「那是怎麼回事？」前方以同心圓的形狀擴散，所到之處的植物馬上失去了生命，讓維特不禁驚叫出聲。

「喔，該死，」泰勒夫咒罵，「不想被腐蝕的話，快點爬上我的背！」

「那是什麼東西？」維特同手同腳，終於爬上了泰勒夫的背上。

「黏液人，一種黑暗物種。」泰勒夫說。

「他們怎麼會出現在這裡？」泰勒夫沒有回答，他正忙著躲避黏液人甩過來的黏液。「啊！」被躲避的動作嚇到，維特隨手抓了背上鱗片，泰勒夫痛得倒抽一口氣，就這一秒的停頓，從地底下鑽出來的黏液人趁機伸手抓住泰勒夫的腳。

「泰勒夫，往上！」察覺到地上的動作，維特下意識命令，泰勒夫一接收到命令，沒有再跟他說什麼，拍動著翅膀向上飛去。

眼見快要抓到的獵物飛了，黏液人懊惱的發出低吼。

前方一陣騷動，只見一大片黏液人愈來愈靠近，所有動植物都被吸走了生命力，「喔，天啊，泰勒夫，我們該怎麼辦？」維特張大嘴巴，眼前的景象已經超出他所能想像的範圍了。

「找出他們的領頭人物！將他們之間的連結切斷，他們就不能繼續接收到指令！」泰勒夫一邊躲避黏液人的攻擊，雖然黏液人只能待在地上，而他們在半空中，有著先天的優勢，依然招架不住黏液球不斷的襲擊。

「我……我要怎麼找？」眼前的黏液人都長一樣，該怎麼分辨啊？

泰勒夫已經沒有餘力回答維特的問題，他張嘴吸收空氣間的水元素，聚集成球狀，往中心射去，放倒了一排排的黏液人，然而，大軍卻沒有減少的趨勢。雖然黏液人算不上很強大，但可以用數量取勝啊！

維特敏感地發現泰勒夫動作變得有些慢了，攻擊的間隔也愈來愈短，深知再繼續下去，他們倆遲早會玩完，心急想要找到發出命令的黏液人。

「在那邊！」突然，維特發現有一區域從頭都沒有移動過，並且圍成圈。因為人數太多，讓這個小圈看起來不起眼，容易被忽略掉。「泰勒夫，等會兒直接衝進去，我可以用心靈控制黏液人讓他們停止動作，你再趁機攻擊。」短短時間內，維特已經想好對策。

「麥哩，得哩，動動止！」念完咒語後，周圍的黏液人瞬間靜止不動，「就是現在！」第一次如此巨大規模的使用魔法，維特忍著頭痛，指揮泰勒夫開始動作。

泰勒夫早在維特念咒語的時候，就將周邊水元素聚集起來，形成比剛剛更加巨大的球體，直接朝向黏液人的中心點轟去，爆炸聲伴隨著亮光，刺激得維特閉上了眼睛。

「結束了……」睜開眼睛的維特發現剩下的黏液人開始亂竄，甚至攻擊自己人時，緊繃的神經終於鬆懈，劇烈的頭痛伴隨著疲軟的身體，讓維特無法保持平衡，從泰勒夫身上跌落。

「維特！」泰勒夫發現背上一輕，在維特即將摔到地面的最後一刻，咬住了他的衣服，將他甩到身上，「請多指教，我的夥伴。」語畢，隨即往家裡的方向飛去。

當時第一次合作戰鬥的場景，如此狼狽卻又是讓維特最深刻的一回，同時也讓他與泰勒夫之間的關係更為緊密，彼此走向互相信任的道路上。

最後，因為相互磨合之下，終成彼此忠誠的靈魂伴侶。

◇ ◇ ◇

「我不會回來的。」維特低聲說道。

「聽到這個消息，我很難過。」愛芙汀發現他去意已決，只能失望地說。

「夠了，孩子，不要再說了——」崗取爾再次打斷她，示意不要再說下去了。

維特從剛剛聽到的訊息判斷，愛芙汀可能在不久之後，就會成為王位繼承人。

「所以，你一定不會回來？」崗取爾打算最後再詢問一次。

「不會了，國王！」維特堅決地說。

「如果你可以這樣來去自如，為什麼不想回來呢？」崗取爾好奇問道，過去，維特從未清楚、充分地解釋他想離開的原因。

「我想在自己的世界慢慢變老，正如之前所說，這裡和我的世界有著不同的時空，時間計算方式也不一樣，實際上，我已經不年輕了。因此，我必須要回去！」

「那麼，在你們的世界裡，你的年紀多大了？」眼前的維特大約是三十幾歲，愛芙汀好奇另一個世界的他會是怎麼樣的。

「愛芙汀。」崗取爾沉下聲音警告道。

「是的，父親。」愛芙汀雙腿交叉折疊，瘦長的雙手放在膝蓋上，像個女皇般，高貴又冷傲。

維特不受干擾繼續說著：「特林斯完全可以取代我。也許未來某一天，我的孩子會發現這裡，並且跟我一樣，願意保護這個國家。」

「嗯，吾懂你的未來計劃，你真是一個聰明人！」崗取爾語落，維特感謝地點了點頭，他沒有想到國王真的會理解他。

「老實說，吾依然對於你的離開感到遺憾。」崗取爾說。「但吾不會，也不能試圖改變它，吾尊重你的決定。」

「我很抱歉，讓您失望了。」維特站起來，對著崗取爾舉了躬。「如果勉強留下我，依然無法改變我內心的決定。」

「的確。那麼現在，吾希望你立刻去找特林斯，並盡可能地教他該學會的所有知識與技能，去吧，你的時間到了。」國王說。

維特最後朝著國王深深一鞠躬，「別了，敬愛的國王。」維特輕輕關上身後的大門，頭也不回地離開了皇宮，心想從此再也不會踏進一步了。

03 新的接班人

熾熱的陽光灑在汗流浹背的大男孩身上，他正在自家的田地上努力地收割著。

突然聽到空氣中傳來一陣嗡嗡聲。

特林斯放下鐮刀，抬起頭來，舉起左手遮擋刺眼的日光，望向天空；只見到清澈的藍天與燦爛無比的太陽。

剛剛聽見的嗡嗡聲再度響起，然後「砰」一聲巨響，特林斯如閃電一般的快速轉過身，一陣灰塵瀰漫後，麥稈田邊出現了一條巨大的白龍與龍騎士。

「你好，特林斯。」龍騎士站在白龍的身上，對著男孩微笑。

「維特！你怎麼來了？」特林斯穿過田地，衝到了麥稈邊上，距離著白龍不到五公尺，便停了下來。

「慶祝你的畢業啊。」維特優雅地跳下泰勒夫，走向特林斯，並熱情地擁抱他。

「走吧，媽媽會很高興見到你的！」特林斯發出開心的笑聲，帶領他穿過田埂，沿著沙路、草地，奔向自家農場；他們必須彎著腰，進入低矮的木製門廊。

這是一個簡單的農場，但仍然可以看到主人精心規劃；屋裡，處處掛上了壁毯和祖先及家族的肖像照片。維特腳步變慢了，停在一幅特定的畫作上。

「咦，以前好像沒見過這幅畫像？」維特問。

「哦，這是奶奶？她三週前才來過！奶奶帶了一張畫布，在我們面前畫出自己的肖像。她喜歡我們把畫像掛在上頭，希望能夠因此常常想到她！」特林斯笑著說。

「是啊，那太棒了。」維特嘆息，特林斯卻無法理解。

看著畫像，讓維特想起，存放在金碧輝煌的羅浮宮裡的蒙娜麗莎。那是他多年前參觀羅浮宮，所留下的印象。

客廳有三扇巨大的窗戶，紅色的窗簾掛在兩邊，讓房間看起來明亮又氣派；透過窗戶往外看出去，有一座整潔繽紛的前花園，明顯受到主人的細心照顧。房間內還擺放著兩張三人坐的沙發、一把高背椅子，和一張低矮的原木木桌，桌上有兩個茶杯，和一個放置點心的托盤。

屋內坐著大約四十歲的女人，她將一頭優雅的金髮梳挽成一個髮髻，挽不起來的頭髮沿著脖子，散落在她的臉頰兩旁，與一身紫色、綴滿花朵圖騰的洋裝形成強烈的對比。

她坐在巴洛克式的棕色沙發上，織著羊毛毛衣。窗外柔和的午後陽光落在沙發以及女人的金髮上，咖啡色系果然適合這樣的季節，感覺溫馨又優雅。

「媽媽，看看誰來了！」特林斯剛踏進家門，便朝著客廳喊道。專注地織著毛衣的女人抬起頭，朝門口的方向看去，一個與女人有著相同顏色金髮的男子，出現在她的視線中，女子訝異地發出一聲驚呼。

「維特，你怎麼來了？我完全沒預期你會來看我呀！」她驚訝地脫口而出。

「嗨，菲絲莉亞，真高興見到妳。」維特大咧咧地坐上第一張沙發上，把手放在扶手上，並翹起腳來，靠在椅背上，「我不能突然造訪嗎？我是來祝賀妳優秀的兒子畢業了！」

維特給了他們一個燦爛笑容，但菲絲莉亞似乎意識到這並非此行真正的原因，「維特，我比過去更了解你。我知道不單單是為了特林斯，你的真正原因是什麼？」

身為維特的姊姊，她實在太了解維特了，並沒有完全相信他說的理由，用懷疑的眼光注視著他。

維特輕鬆地坐在沙發上，頭枕在椅背上，完全不在意菲絲莉亞質問的態度。

「我是被國王派來的。」維特說。

「國王？」她的嘴巴張開，將手中的毛線圈放在膝蓋上。

「是的，他為我的離去，提出了交換條件。」維特說。

「什麼條件？國王什麼時候會開出條件……」菲絲莉亞喃喃自語，「除非你要離開，並且不再回來！你要去哪裡？」她震驚地抬起頭。

「菲絲莉亞，妳知道我要去哪裡的……」臉上不再是輕鬆的笑臉，而是一陣疲累，抹了一把臉，維特回應菲絲莉亞的問題。

「那麼，你什麼時候會再回到這裡？」菲絲莉亞焦慮地咬著下唇問道，即使她是知道答案的……。

維特盯著沙發良久，終是深吸一口氣。

「我不會回來了。」維特堅定地說出他的決定。這是無庸置疑的決定，他不允許回頭，無論如何，想回家的強烈慾望，充斥著他的心裡。彼方有個美麗妻子在癡癡等待著他。

菲絲莉亞低下眼睛、咬住嘴唇，「為什麼？」她好不容易適應這裡的環境，在這個異次元的國度，建立起自己耕耘的幸福家庭。

這個回答，震驚了菲絲莉亞的心靈，維特可以感到姐姐內心巨大的憂慮。

「時間到了，我不能再待在這裡了。」維特說。

她馬上站起身，使得地毯瞬間隆起；菲絲莉亞雙手插在腰部，嚴肅地看著維特，「但你在這裡長大，而且成為了英雄，現在你也還年輕，還有著大好的未來，不是嗎？」菲絲莉亞說。

「我知道，菲絲莉亞。但我跟艾瑪之間，即將出現問題了。」維特語氣有些焦躁。

每次回到地球與艾瑪見面，維特總覺得他們之間的差距愈來越來大。

維特一下子跌入回憶中……

「維特！」艾瑪看見維特時，在遠遠的地方就往維特的方向跑去。

「艾瑪，妳該沉穩一點，這樣會跌倒的。」事實上，維特已經三十歲了，對於艾瑪有些急躁的行為，表示了一點不認同。

「好啦，有些日子沒有看見你，一時太過高興了！」艾瑪拉了拉維特的手，「難道你一見面就要數落我嗎？」

「走吧，我們去逛逛吧。」維特也不想一見面就吵架，隨即轉移了話題。

兩人手牽著手，走在下了雪的街道上，兩人默默不語。

「維特，你不覺得我們之間，有什麼東西變了嗎？」艾瑪打破了沉默。

「怎麼會？」維特有些不理解，「我們不是跟以前一樣嗎？」

「不，我不是說物質上面的變化。」艾瑪搖了搖頭，「我覺得相處上面有些問題了。」

「我覺得我們跟以前一樣啊？」

「維特，我們這幾次約會的時候，總感覺你對我不是女朋友的態度，反而是一個長者對著小孩。」艾瑪停下腳步，轉身面對維特。

「……」維特有些說不出話，他開始意識到自己雖然外表還是二十多歲，然而，實際上，他已經三十歲了，心態上早已跟只有二十幾歲的艾瑪有了差距。

「我當時才意識到，如果我想和艾瑪建立一個家庭，我就必須回去！」從回憶中回過神的維特說著這份無奈，菲絲莉亞頓時無言以對。

◇　◇　◇

他們姊弟倆來自一個與此不同的世界，他們都能理解到兩個世界存在的時間差異。

維特身處這個異世界的時間內，艾瑪並未受到時間的影響，菲絲莉亞雖然只跟她見過幾次面，但也清楚知道，如果不解決兩人之間在時間和年齡上的差距，他們可能會走上分道揚鑣的局面。

「但是，我真的很難接受，你會永遠離開我們。當然，我知道，你希望看到孩子在不違反自然的環境下順利成長。」菲絲莉亞痛苦地說。

「我很高興妳能理解我的決定，菲絲莉亞。但是，現在我還在，你要不要讓賽勒過來？我們可以好好討論一下。」維特說。

「好吧。」菲絲莉亞起身，走進狹窄的走廊中。

「你想和我們討論什麼？」特林斯在一旁聽了很久，終於有機會可以開口。

「特林斯，只要耐心等待，我會向你解釋一切。」維特揉了一下他外甥的頭髮，像是想起了什麼，沉默並凝視著遠方。

窗外滿是穀物和罌粟花的園圃，是一個美好晴朗的仲夏景色，讓他想起了與艾瑪的生活，沒有轟轟烈烈，卻是平淡而溫馨的日常。

維特跟艾瑪唯一的旅行，記得也是在仲夏的某一天成行……

當艾瑪緩緩睜開了眼，轉頭看向窗外，發現他們行駛在一條蜿蜒的海岸公路，目光所及之處，全是一片蔚藍的大海，白色的浪花拍打著海岸上的礁石，艾瑪瞬間置身於無法用言語形容的景致之中。

汽車沿著公路一路前行，最終穿梭進一片延綿的樹林，景色變幻，沒過多久，艾瑪便看見一座座小木屋坐落在青蔥蓊鬱之中，放眼望去，看不見盡頭，但坐在維特身旁，艾瑪卻覺得很是安心。

最終，他們停在了一棟小木屋前，這棟小木屋矗立在海邊的山頂上，視野遼闊，周圍的景色一覽無遺，甚至可以看到不遠處的森林和大海。

「來吧，這可是我找了很久，才找到的秘境！」維特下車走到副駕駛座，拉開車門，對艾瑪伸出手，「我相信妳會喜歡的。」

「這裡很美，我很喜歡。」艾瑪深呼吸了一口氣，綻放出一抹微笑。

維特看著她的笑容有些呆了，覺得自己花了好幾天的時間，跟朋友打聽這個地方真的值了。

在房間內休息了一陣，艾瑪察覺光線越來越暗，才發現壯觀的火燒雲已經染遍了整個天空，與海平面混為一色，入目的景色都被霞光渲染成一幅畫。半掩的窗戶吹來一陣溫暖的海風，艾瑪看著外頭的景色入迷了，就連維特站在她的旁邊也毫無知覺，直到被維特擁入懷中，才驚嚇得收回了神，拍了維特的手臂。

「晚餐應該還沒有好，我們先去海邊附近散個步，怎麼樣？」艾瑪提議道。

「好啊。」兩人離開了小木屋，慢慢地沿著海邊走著。

晚霞已經漸漸散開了，大海變回寧靜的藍色，天空回歸到一片寂靜，沙灘上空無一人，偶爾有幾隻飛鳥掠過海面。

艾瑪低著頭看著自己踩在沙灘上的腳印，被拍打上來的浪花給抹去了蹤跡。這裡人工痕跡太少了，讓人不由得生出一種遠離塵囂的錯覺。

維特悄悄地牽住艾瑪的手，輕聲喊她：「艾瑪。」

艾瑪還沉浸在剛剛的氛圍之中，有些遲鈍地看向他：「嗯？」

維特翹起唇角，抬手揉了揉艾瑪的頭。

「別摸！頭髮都亂了……」艾瑪回過神來，拍開在頭上作亂的手，重新順了順頭髮。維特被拍開的手在空中轉了半圈，將艾瑪拉進自己的懷裡抱住。

「唔，怎麼了？」

「沒什麼，只是慶幸我遇到了妳……」

不久，菲絲莉亞帶著賽勒一起回來了。

賽勒只有十來歲，但是他卻有一張成人的臉。一到客廳，賽勒立刻往最近的沙發倒下。

「找我做什麼？媽媽！」他一邊問道，一邊盯著維特。

菲絲莉亞向前傾身，從桌上的水果盤拿起一串葡萄給賽勒。「親愛的賽勒，你的舅舅有一些重要的話要跟你們說。」菲絲莉亞說。

維特將手不經意地置放在腿上，「男孩們，在我離開這裡之前，我有一項重要的任務。」他慎重地說。

「你永遠不會回來了嗎？」賽勒直起身子喊道。

這個少年從未像特林斯那樣喜歡維特，大概希望他的舅舅永遠不會再回來了。想到這裡，維特臉上出現了一個痛苦的表情，他對賽勒的態度感到相當遺憾。

「因為我要回到原來的世界，但是，國王指示我要訓練特林斯，讓他可以取代我，否則我不能離開。我希望在座的每個人都能同意，如果有人反對，我內心會覺得難過不安。」維特說。

「是的，當然！我願意向你學習一切！」特林斯熱情地說道。

菲絲莉亞嚴肅地點了點頭，賽勒幾乎跳了起來，維特對著他做了個鬼臉。

「很好，就這樣說定了！明天早上日出時刻，我們就在田野開始訓練平衡！」維特對特林斯說。

「這件事真的很酷。」特林斯咧嘴一笑。

「你要說的就只有這件事情而已嗎？所以，我們之間不會再見面了嗎？」賽勒問道。

「是的，我要離開了，永遠不會回來。這就是我今天來的原因。你現在知道了，可以和我好好地道一聲再見，賽勒。」維特微笑地說。

賽勒突然臉紅，因為被發現了他心中真實的想法。

維特站起來伸開他的雙臂，輕輕抱住賽勒。

維特轉頭說：「菲絲莉亞，現在妳能幫我準備一個房間嗎？今晚，我可能就要留在這裡了！」

04

培訓

遠方的地平線上，折射出金色燦爛的陽光，南風輕柔地拂過翠綠的草坪，柔弱的草葉，不禁彎了腰沙沙作響著。

維特的金髮隨風揚起，幾縷髮絲落在俊美的臉龐上，他抬起頭，注意到特林斯從麥稈田中走過來。

「很好，準時抵達！」維特讚許地點點頭。

「當然，我相當期待。」特林斯興奮道。

「這是我最樂意聽到的話。」維特咧嘴笑著說，「就像昨天所說的那樣，我們得從平衡開始練習。我知道這是基礎，但是它非常重要。」

特林斯點點頭，維特也報以微笑，眼前即將與他一樣高的男孩似乎明白了些什麼，但他真的意識到即將背負的責任了嗎？

「這有什麼難的？」特林斯迫不及待想要開始進行訓練。

「你有能力可以馬上進行基礎練習嗎？」維特問。

「當然可以，但是可能無法做得很好！」特林斯靦腆地說。

「我會從基礎開始帶著你，最有效的方法是先學會真正的站立！好了，現在就來吧。」維特將左腳屈膝，右腳抬起來距離地面五十釐米的角度，並且示意特林斯也跟著做。

「雙手合十，抬起肘部，把重心顧好，然後蹲站半個小時。記得注意重心，腰桿挺直。」

特林斯照著他舅舅說的做，「這是每次訓練課程的開始。完成之後，就可以稍微放鬆一下，慢慢地讓你的穩定能力變好，這是第一階段。」維特說。

「注意手的平衡，這是第二階段！」當特林斯的手支撐不住，快要掉下來時，維特迅速補充道。

「這不容易，對吧？」過了十分鐘後，特林斯有些恍神，平衡失去了重心，跌倒在地，維特扶起他，咧嘴一笑，「沒關係，再試一次。」

「好。」特林斯站了起來，拍掉因跌倒沾在衣褲上的潮濕葉片。

特林斯再次屈膝，盡力地維持身體的平衡，但仍未成功。終於，他雙手向上，慢慢地沉下身子，雙腿盤坐下來。

「非常好，我們進入下個階段，不要停下來。現在，把膝蓋抬到九十度。」維特說。

特林斯試圖再次站起來，然後彎曲膝蓋。不幸的是，他再一次跌倒了，「嘿！怎麼那麼難呢？」特林斯喃喃自語，拍拍身上塵土，從地上爬起來。

「哦，我之前是摔倒了四次才成功。不要放棄，繼續練習吧！」維特聳了聳肩，走向特林斯，摸摸他的頭，給他鼓勵，並督促他。

特林斯從草地上站了起來，盤腿而坐，再次嘗試。

「很好，慢慢來。」維特輕聲安撫，「現在抬起手肘。」當特林斯伸出手，努力將左右搖擺的身子拉到中間，卻還是跌坐在地上。

「又失敗了……」特林斯坐在地板上，訓練之前的自信心已經快要被打擊得一點都不剩了。

「別灰心了，孩子。」維特蹲下來拍拍他的肩膀，「至少你剛剛比前幾次多維持了幾秒，多練習之後，你會變得更好的。」

「但是，舅舅你才練習四次就成功了……」特林斯心情有些低落。

「剛開始我要坐上泰勒夫的背上時，也常常失去平衡掉下來，花了很長時間跟他磨合呢！」維特安慰道，「況且，我們還有時間。現在，天色也暗了，我們回家去吃你媽媽煮的愛心晚餐吧！」他站起身，將特林斯從草地上拉起。

◇　◇　◇

「兒子，你今天怎麼吃那麼少？晚餐時，菲絲莉亞發現特林斯慵懶的樣子，平常吃飯都是跑第一，這些天卻沒有那麼迅速，她還以為是訓練太累了。

「我有些累了，先回房間休息了。」特林斯將碗筷放進水槽內，轉身進了房間，把自己關在裡面。

「這幾天的訓練不順利嗎？」菲絲莉亞轉頭問正在吃飯的弟弟，語氣有些擔憂。

「特林斯很認真，進步挺快的。」維特開口說道，「我覺得他還是很有潛力，但是這幾天的失敗，讓他開始懷疑自己了，也許是我給他的壓力太大了。」他將這幾天的情形告訴了菲絲莉亞，希望她可以開解特林斯，避免一直鑽牛角尖，影響了練習的成效。

「他一直把你當作榜樣，所以在你面前想要表現得好一點。」菲絲莉亞邊收拾桌子邊道，「或許是這樣，當他一直失敗時，他怕會辜負你的期望，是個敏感的孩子啊。」

「我去看看他。」維特站起身，走向特林斯的房間。

「特林斯，我可以進來嗎？」

「可以，請進。」特林斯的有些悶悶的聲音，從房間內傳出。

房內昏暗，只見床中間有一個突起，維特勾起嘴角輕聲笑道：「特林斯，你不怕把自己悶壞了嗎？」他打開電燈，瞬間照亮了房間每一個角落，已經適應黑暗的特林斯刺眼得閉上了眼睛。

「舅舅，你怎麼來了？」特林斯把被子拉開，坐起身看著站在房門邊的維特。

「跟你聊一會兒天。」維特坐到他的床邊，「這幾天你心情不好？如果是這個責任讓你覺得壓力太大，也可以跟我說，我不會介意。」

「不是的！只是……」特林斯馬上反駁，「只是覺得自己是不是沒有天分，我沒有辦法跟舅舅一樣，未來當一位厲害的將軍。」

「難道你忘記是誰選擇了你嗎？你還不信任國王的眼光？」維特摸摸特林斯的頭，「好了，不要想得太多，明天開始繼續訓練。」

「嗯，明天我會加油的！」

隔天一早，特林斯從頭開始認真的練習，手臂來回擺動，抬起膝蓋，努力保持幾秒鐘的平衡，在搖擺的肢體中，最終找到了平衡點，維持一個標準的站立姿勢。當他意識到自己成功時，馬上轉頭看向維特，開懷地笑了起來。

維特走向特林斯，帶著驕傲的神情，堅定地拍拍他的肩膀。

「很好，從現在開始，我們每天都要反覆練習。你現在可以召喚你的夥伴──斯林了。」維特說。

特林斯喜悅的點點頭。他們一起走過長著飽滿穀穗，閃著金色光澤的穀田。

當接近茂盛的森林時，停下了腳步，特林斯靠在樹幹上，並交叉雙臂，仔細聆聽著維特的話。

維特用心指導著練習上的關鍵秘訣。

突然，一條紫色的龍穿梭在樹林間，她強大的側翼，掃過枝枒，葉片散落在她的鱗片上；「她在做什麼，維特舅舅？」特林斯問。

「她在練習更靈活的戰術；現在你必須在龍的身上嘗試著剛剛我們做過的訓練。」

「我能夠做些什麼？」他抬起頭來，驚訝地瞪著棕色眼睛喊道，並站起來。

「你知道我的意思。」維特說。

特林斯用懷疑的眼光，注視著他的舅舅；維特平靜地看著他，他知道特林斯並不是真的害怕，只是太過驚訝而已。

「如果我摔倒或是無法駕馭她，那該怎麼辦？」特林斯說。

維特的雙手插在口袋裡，輕鬆地走向特林斯。

「你必須學會和你的龍一起作戰，否則你永遠無法成為新一代的龍騎士！」維特說完，便調皮地伸出舌頭。

特林斯明白這句話並不是出於恐嚇，深吸了一口氣之後，他們兩人相視而笑。

最後，特林斯慢慢爬到了斯林的背，坐在上頭的皮革馬鞍上；實際上，斯林的背上有七個馬鞍，兩個在翅膀旁邊，兩個用於胸部和腹部，兩個作為馬鐙的馬鞍兩側。

瞬間，斯林往天空衝去，此時的特林斯就像是一個真正的龍騎士。

「她現在距離地面只有一米左右，這個高度，在你面對未來的戰役時，根本不夠！」維特喊道。

特林斯顫抖著站起來。過了幾秒鐘後，他盤腿而坐，又站了起來。

斯林轉向左邊，特林斯搖搖晃晃地揮舞著他的手臂，準確地找到一個平衡點。

「好！來吧！」維特鼓勵他。

特林斯站了起來，無視龍的飛行，然後膝蓋猛地一動，他終於找到駕馭的秘訣。

「做得好，再一次！」維特站在地面上，用力拍手叫好。

特林斯坐了下來，讓斯林飛起來，繞一個大圈。

◇　◇　◇

練習非常順利的進行到了第三階段。

斯林在天空中徘徊了幾次，現在正在穀田上空盤旋升高。

當特林斯爬起身時，再次搖搖晃晃，慢慢地又找到了平衡，但在剎那間，特林斯的腳不小心從環中踩空，失去平衡的他，不自主地摔了下來。

維特快速念起魔法咒語：「咕嚕．咕嚕．咕嚕，咕嚕咕嚕——咕嚕咕嚕——」，麥田上頓時揚起一張大網；此時，斯林也昂著頭快速地飛過來，但一時之間還是來不及抓住特林斯。當特林斯掉落在安全網時，他茫然地環顧四周，並且試著爬出網外

維特奔過去，伸出了手臂，拉起了特林斯。

「我想要再試一次。」特林斯呻吟道。

「你還好嗎？」他真心希望特林斯沒有受傷，然而那是不可能的事！

「嗯，除了我的背部很疼，其他一切都還好！」特林斯說。

麥田上的大網消失，一切都恢復成原來平靜的樣子，彷彿剛剛的驚險都沒有發生過。

特林斯再次駕馭起了斯林，他們完全消失在天空之中，這次是一場完美無瑕的飛行，維特欣慰的在地面用力鼓掌。

特林斯騎著斯林，從高空俯衝下來，一個優美的跳躍，他走向他的舅舅。

「你進步得相當快速！我就說我不會看錯人的！」維特自豪地說。

特林斯被這麼直白的誇獎，有些靦腆的搔了搔頭，微笑看著地面：「是的，我們都成功了。」

接著，他們持續地練習相同的項目，從凌晨到黃昏，直到特林斯在草叢中蹲下。

「暫停一下。」他喘著粗氣吞嚥著口水說，「我快要累死了！」

「當然！」維特說道，轉頭看見菲絲莉亞從遠處走了過來，手中還提著一籃食物。他向菲絲莉亞點頭致意。

「喔，謝天謝地！我快要餓死了！」特林斯迅速接過了牛奶跟麵包。

菲絲莉亞將剩下的牛奶跟麵包遞給了維特，並且靠向他輕聲問道，「行不行得通？」

「是的，他做得很好。你想讓特林斯展示他的成果嗎？」維特說。

菲絲莉亞點頭同意，維特喊道，「嘿，特林斯！讓你的母親見識一下你剛剛做了什麼！」維特說。

特林斯首先在地面上完成了所有技能，但這並沒有讓菲絲莉亞留下深刻的印象。

隨後，特林斯就開始召喚出斯林，爬上了她的身體。

「天啊！」他的母親看著特林斯，雙手摀住嘴巴。

斯林在半空中做了三個繞轉迴旋，特林斯安穩的迎著風站在龍的背上，再一次漂亮的往下俯衝，跳下龍身，站在母親的面前。

「哦，多帥啊！我真為你感到驕傲！」菲絲莉亞面對她的兒子開懷地笑著。

特林斯咧嘴一笑，轉頭看向維特，似乎是想要得到他的認同，而維特也對他抬起了拇指。

「我希望未來可以更精進你的技能！直到像你的維特舅舅那樣，才是真正完美的龍騎士。」菲絲莉亞說著，並向維特眨了眨眼。

「不要有壓力，如果不斷的努力，一定可以做得更好，並且順利成為國家的將軍！」維特點頭表示同意。

「你的母親是對的。在事情發生的時刻，你不一定準備好，但跟經驗相比，最好的辦法就是勇敢面對，才能順利解決它！」維特說。

陽光即將落到地平線，剩下的時間，他們忙著練習各項技能。

到了下午五點鐘，特林斯已經可以張開雙手站在馬鞍上，不管是穿梭在林間，或是翱翔在天空裡，他都能夠雙手順利施展魔法，切斷了樹幹分支，或是揚起一片風沙。

如果他沒有克服怯懦，不畏失敗，就沒有站起來的喜悅。

「你們好！」賽勒慢慢走了過來，向維特和正在樹蔭下休息的特林斯問好。

特林斯突然嘆了口氣。

「現在我必須展示今天所做的一切了嗎？」特林斯說。

賽勒咧嘴一笑：「當然。」他們都沒注意到賽勒的笑容中帶著一絲冷漠。

特林斯翻了個白眼。

「好吧，媽媽覺得維特舅舅做的事情很酷，這部分我無法否認。」賽勒有點輕浮地說。

就在那時，菲絲莉亞也走了過來。

「什麼？」菲絲莉亞臉上的表情，讓特林斯感到困惑。

「嗯，要顯示我學到了什麼？」特林斯說。

「喔，是的，當然。你親愛的弟弟一定非常好奇！」菲絲莉亞眨了眨眼睛。

Jonas Dubelaar

特林斯坐在斯林的馬鞍上，往天空飛去，到達三米高，流暢地轉圈。接著，他站起來找到了平衡，並放開雙手彎下腰，同時把所有的重量放在右手，撐起身子，展現絕佳的平衡感。

特林斯技術很好，他不知道自己能堅持這麼久，他一次次探尋自己身體的極限，多次的迴旋俯衝，挑戰牽引著自己母親、弟弟的心臟。最後他從斯林的身體跳下來，成功地為他們展現這幾日不眠不休的訓練成果。

這回，特林斯真正擄獲菲絲莉亞和賽勒驚訝的眼神。

05

任務完成

經過數週的培訓，維特對於特林斯所展現的成果，感到非常滿意。特林斯毫無疑問成為了維特的接班人。

只是維特擔心，特林斯可能還不了解死亡的真正意義。

通過嚴格的訓練，他將會是一名帶領夥伴勇敢作戰的優秀將軍，但是特林斯尚未真正體驗戰場上的死亡，不僅僅會發生在敵人身上，同時，它也會奪走身邊親愛友人的生命。

悲傷的時刻隨時會降臨，特林斯是否已經準備好了可以面對這一切？

維特現在唯一能夠做的，就是確保外甥在他的訓練之下，儘可能保護周圍群體、夥伴的安全。

◇　◇　◇

維特在初秋的早晨結束了訓練。在連綿起伏的丘陵後方，是他姐姐的住所。

他和他的白翅龍夥伴——泰勒夫面對面站著，相顧無言，不是因為沒有話說，而是想要說的太多了，他不知道應該先說什麼。

維特張開嘴，想要打破這一個沉默的氣氛，然而，泰勒夫先他一步開口了。

「我知道你會說些什麼。」泰勒夫說。

「當然。」聞言，維特有些愣了，隨即綻放出一抹微笑，「你一直是我的靈魂搭檔，能夠讀懂我的想法，坦白說，我幾乎對你開誠布公！」

泰勒夫點點頭，他修長的白色脖子隨之擺盪。

他堅定地站著，炯炯有神的目光注視著維特，輕輕伸出舌頭，舔著維特的頭，意思是不用為了他的離開，而對自己感到難過以及愧疚。

「你知道……我們不會再看到對方了嗎？」維特伸手摸了摸泰勒夫的鱗片，低聲說道。

「當然知道，我心裡還是不希望你離開這裡，但我不能太過於自私，去限制你的幸福。」泰勒夫說。

「大多數的龍都是自我的，我可以理解！」維特說。

「但是，我並不是一般的龍。」

「是啊，你一直都是特別理解我的。」維特沉默了。「當初，因為一支懷錶跑到這個世界，對一切都感到很陌生的我，懵懵懂懂成了將軍，很害怕我沒辦法扛下整個國家的安全，沒辦法完成國王的期待，是你的鼓勵，才讓我有了自信。」維特想到當時的情景，頓時有些懷念。

「後來，參加過那麼多場的戰爭，經歷了那麼多的死亡，我才了解到你在我的生命中，扮演著不可或缺的角色。」泰勒夫和維特經過大大小小的戰役，彼此已經像是兄弟般，擁有天生的默契，讓他們兩者合體一起作戰時，幾乎可以說無堅不摧，戰無不克！

「你還記得嗎？為了提升軍隊的伙食跟資源，我還特別跟國王下了軍令狀，承諾與薩德里斯的戰爭會取得勝利。那時候的我在王室眼裡，是個不知天高地厚的小伙子，全部人都用看戲的神情看著我，只有你，認真聽完我的想法後，替我背書，相信我可以做得到。我就在想啊，你怎麼那麼相信我呢？當下，真的蠻感動的，因為有你，才有現在的我吧。」

維特坐到草地上，抬頭看著蔚藍的天空，回憶著當時的情景。「謝謝你，泰勒夫。」他站起身，轉頭看向他的夥伴，真摯地對他道謝，這一別也許就是永遠了，如果再不說出心裡話，以後可能會後悔吧！

「不，我才謝謝你。」泰勒夫低下頭，蹭了蹭維特的臉頰。

維特為白龍的感謝，內心感到溫暖。在他即將離開的時刻，似乎是無聲勝有聲；淚水從維特的眼角順著臉頰流了下來。

「感謝你的理解，我會想念你的，朋友！」維特說。

「我知道你看不到我的眼淚，但是我們是同樣的心情。」泰勒夫說。

「雖然我必須要離開這裡，但我希望海勒可以繼續成為你的棲身之所。」維特有點哽咽。

「說到這一點，我決定加入龍的自由聚落——自由龍。」泰勒夫閉上了眼睛，不願意讓維特看見他寂寥的神情。

自由龍，存在於雲端山頂的小聚落，他們不願與人們或其他魔法動物聯繫，只有一些無主的龍群家族自成一格守護著大家。

「當然，你有自由可以選擇，但我不得不承認我很驚訝。」維特說。

「別誤會我的意思，我非常重視我們之間的關係。龍族只要與人類一旦簽定下契約，就不可以再變更了，我永遠是你的龍，但是你要離開了，所以我的情況就跟自由龍沒什麼兩樣，只好加入他們了！」泰勒夫說。

維特不自主地笑了，「我幾乎以為你已經準備好要放棄我了呢！」

「別擔心我，維特。在你的世界裡，你將會有屬於自己的家庭、自己的孩子。你們也會建立美好的家庭關係！」泰勒夫終於睜開眼睛看著維特，他這一生中唯一的夥伴。

維特再也無法忍住，嗚咽地低下頭來。

泰勒夫張開他的翅膀，輕柔地擁簇著維特，讓他在自己的懷裡，慢慢止住了抽泣，徜徉在白龍的翅膀下，他的內心感受到泰勒夫的溫暖，終於對自己的離去慢慢釋懷。

「對於我們攜手經歷的一切戰爭，這些寶貴的回憶，都是你給予的，我將是你永遠忠誠的左右手；事實上，這份友誼是如此的彌足珍貴。」泰勒夫說。

山間響起震耳欲聾的聲響，泰勒夫抬起鼻子，似乎要試圖擤鼻涕，「我會盡我所能，讓事情變得簡單一些，但哭泣讓我覺得沒臉見你！」

「喔不，你是如此的關心我，這份友情也就值得了！」維特擠擠眼，破涕為笑，泰勒夫也跟著會心一笑。

「你說得對。我們彼此都值得為對方流下英雄的淚水。」隨即，泰勒夫輕哼了一聲，「你一定還得跟其他人說再見！」他輕輕地將鼻子靠向維特的胸口，感受著最後一次的溫暖。

「我明白，雖然我將生活在另一個世界，但我們的聯繫可以越過這個界線。」維特說，他慢慢地倒退，依然把臉轉向泰勒夫，然後轉身伸出手揮了揮，作為最後的道別。

◇　◇　◇

中午時分，維特知道自己不能馬上離開，因此又回到了草坪上，發現特林斯已經到了。

「午安，特林斯，」維特盡力維持臉上的神情。

「你好，舅舅。」特林斯的臉上充滿著喜悅，他迫不及待想要知道今天的訓練內容。「今天要做些什麼？我還想學更多。」

維特想要強迫自己說出最後道別的話，但是這件事情並不容易。

「我不會再訓練你了，特林斯。今天是我在這裡的最後一天，我是來跟你道別的。」

顯然，這句話對特林斯來說是一個重大的打擊。

特林斯低頭看著自己的腳，或是身旁的樹，就是不看維特，失望難過的心情瀰漫在臉龐；維特其實也相當不捨，但是當他想起另一個世界的艾瑪，特林斯必須得知道，他的離開將會是事實。

「雖然不捨得離開你們，但是在另一個世界還有人正在等著我，我需要建立自己的家庭，並陪伴未來的孩子。我需要有更多的時間可以和他們相處！」維特開始安撫他，希望趕快結束這場離別對話。

「嗯，然後你的孩子會和你一樣好！」特林斯已經整理好心情，讓自己可以笑著跟他的舅舅道別。

「賽勒知道了嗎？」維特問。

「我不知道，但我想你母親應該會告訴他！」特林斯聳了聳肩，雙手插在口袋中。

「看來，我至少不是最後一個才知道這件事。」他站了起來，但目光始終閃避著他的舅舅。

「我知道你的想法。我已經在今天早上跟你母親談過了，我馬上就要離開。」他將右手放在特林斯的肩膀上一會兒。

「你要用L.A.M.回去嗎？」

「是的。」

終於，特林斯將臉轉向維特，直視著他的眼睛問：「你是怎麼得到它的？」

「讓我坐下來，慢慢地告訴你這個故事！」

維特娓娓道出事情的經過。「那是我的最後一項任務，一個不得不去的地方——位於地下深處的矮人國。」

「等等，你聽過童話中白雪公主和七個小矮人？」維特問。

「在我九歲的時候，你曾經當作床邊故事告訴過我，舅舅。」特林斯點點頭，示意維特繼續說下去。

「這個童話故事其實來自另一個地方——我的世界，你媽媽也曾把它記錄下來。根據童話故事的內容，七個小矮人工作之後，會與上層世界的人們成為朋友。不過，現在的矮人數量，比起童話中所說的要多很多，而且矮人其實不喜歡與人們交流……」維特繼續他的故事。

特林斯皺起眉頭，抬起頭。

「不喜歡？為什麼？因為他們不喜歡我們？」特林斯疑惑的表情說。

維特搖搖頭，不認同他的說法。

「不，矮人不喜歡陽光，必須在陰暗處下生活，太大的空間，或是露天吵雜的聲音，都會讓他們覺得沒有安全感。」特林斯為此驚訝地瞪起大眼睛。

矮人的文化在學校課程裡並沒有教過，有些觀點都是從人類的角度揣測得來。

「那什麼是矮人們真正害怕的癥結點？」特林斯問。

「嗯，你必須明白，矮人們是群體的聚居，他們害怕受到外界的攻擊，因此躲在暗黑地底下活動。」維特回答，「他們的弱點歸因於，矮人們缺乏與龍或其他魔法生物聯繫的能力，同時他們無法暴露於陽光下；如果我們從矮人們的角度來觀察，就會理解他們的生存劣勢。」維特解釋。

「確實如此！」特林斯同意這種觀點。

「所以我不得不進入矮人的世界，因為處於地底深處，所以需要L.A.M.

傳送。同時，也可以通往我想要回去的世界。」維特嘆道。

「但是，L.A.M.的作用到底是什麼呢？」特林斯反問。

維特耐心的回應，「L.A.M.可以將一個人帶到另一個世界，在無數的世界裡自由通行，然而更明智、安全的方式，應該還是留在現有的世界，這才是安全無虞的！」維特微笑地說出了他的想法。

他非常喜歡他的外甥，希望可以藉由這場心靈談話，好好地跟他說再見。

「我想去其他世界。雖然我意識到事件的危險程度，但誰都不知道，未來會發生什麼事。」特林斯爽朗的說出看法。

「是的！」維特點點頭承認。

「你能把故事說完嗎？」特林斯懇求道。

太陽消失在雲層後面，雨很快就下了起來。他們起身，小跑步到前方樹下尋求庇護。

「矮人國裡也有一個L. A. M.。但是，他們害怕它，矮人以為那會將他們帶到有陽光的地方，因此他們只是想擺脫它。」維特嘆了口氣。

「這是一項漫長的任務。之所以這樣做，其中還牽涉到國王的第四個女兒——魅萊絲。」特林斯變了一張臉，維特看到他外甥驚恐的表情笑了出來。

明顯地，他並不是唯一一個不喜歡她的人！

還在魔法學校上學時，特林斯曾見過魅萊絲，她的傳言跟跋扈讓他敬而遠之。

「什麼！與魅萊絲？」特林斯張大了嘴。

「是的。矮人之王的兒子喜歡她，希望和她結婚。」維特說。

「在這件事情上，你的想法是什麼？」特林斯坐到了樹根上，靠著樹幹，看起來相當困惑。

天空已經下起毛毛細雨。

「唯有和敵人站在同一陣線，才不會發生戰亂。但如果想要讓他們站在我們這一邊，就得回應他們的要求。因此，國王同意了這項要求，但前提是矮人們要用L. A. M.來交換！可是魅萊絲很狡猾，在婚禮時，她趁機就逃了出來。」

「後來怎麼樣？」特林斯已經陷入故事情節中，激動問道。

維特以前從未說過，但現在特林斯必須接管他的職位，所以才將這個國家機密說了出來。

「國王對這段婚姻並不滿意！」維特說。「矮人王盛京得知魅萊絲逃跑後，他要求我完成一個承諾，並且要證明這個承諾是對矮人國有利益的。」

「這個承諾真正對誰更好？」特林斯說。

「其實對我們來說更好，因為這麼做，便是在兩國之間建立了聯繫。換言之，就是將矮人王國和我們的帝國聯繫了起來。」維特答覆。

特林斯突然之間，彷彿懂了什麼。

「但是，魅萊絲沒有結婚。」特林斯冷淡地說。

「是的，她逃脫了。就在矮人之王的兒子想要親吻她時，她抓起了裙子向前方逃跑，我沒有在現場觀看整個婚禮，等我拿了L. A. M.之後，才發現她往這邊跑過來，我馬上就明白了發生什麼事！」維特說。

「接下來呢？」特林斯說。

「當時，我乘上了泰勒夫，想把她追回來，並抓住她衣服的一角，將她拉進時空漩渦裡，將她帶回了她父親的宮殿，同時，我也拿到了我的L. A. M.！」維特說。

特林斯目光滑過舅舅矯健的身軀。「我也想要那樣的冒險！」特林斯羨慕的嘆了口氣。

「你未來一定可以的！你將擁有知識和技能，以及將軍的身分！」維特說。

特林斯把頭靠在樹上，眼光放空的注視遠方，似乎在想像未來的一切可能。就在他深呼吸的時候，賽勒跑步過來。

因為維特和特林斯的身旁有一個巨大的桶子，遮住了賽勒的視線，所以他並沒有看到他們兩個，繼續向前跑。

◇　◇　◇

「黏液人來了！天啊，媽媽！」賽勒驚慌地奔跑，他喘著氣大喊著，希望有人可以聽到。

在聽到賽勒驚叫聲的同一時間，維特他們都跳了起來。

「什麼？」維特尖銳著聲音問道。

然而，賽勒已經被嚇得六神無主，沒有聽見維特的問話，再次跑掉了。

特林斯看著維特一會兒，為他的兄弟逃跑愣住了。

同時嘆了口氣，兩人穿過了狹窄的沙路，一路奔馳到了房子前十公尺。維特一馬當先衝進屋內，當他看到了黏液人，立即清楚究竟發生了什麼事。

屋內的五個黏液人想要站起來，他們身體一直不停的滴下黏液，反而讓地毯黏住了他們的皮膚，導致他們移動雙腿時，會用力的不停顫抖著，因此行動也相當緩慢。

一時之間似乎看起來很恐怖，但實際上對他們的威脅不大！其實黏液人對於沒有太大魔力的人來說，還是很難對付的，如果被他們咬傷，可能會導致嚴重的傷口潰爛！

維特不允許他們傷害他的姊姊和外甥們。

客廳裡的黏液人圍成一個圓圈，他們已經發現了菲絲莉亞。

只見她坐在沙發上，將膝蓋抬起，扔出了枕頭，想要阻擋黏液人的靠近，因此，使黏液人稍稍分了心，菲絲莉亞也發出尖叫聲響。

當賽勒跑進來時，不小心被一個黏液人拉住了一隻胳膊，接觸到的皮膚瞬間冒煙潰爛，見狀，特林斯馬上從抽屜裡拿出了一把槍，並朝向黏液人開槍，卻只造成兩個黏液人受傷。

一股刺耳的聲響說：「放棄吧！只要告訴我它在哪裡，我們就會放過你們！」

「我不知道！」菲絲莉亞喊道，「就算我知道又怎麼樣，L.A.M.也不會給你們的！」

菲絲莉亞深知維特有辦法制服黏液人，所以一邊說，一邊望向維特緊張而皺起的臉，臉上露出了安撫的笑容。

「在誰那裡呢？」黏液人繼續威脅問著。「不說的話，我就讓你兒子消失在這世界上！」

「我不知道！」菲絲莉亞說謊，維特在心裡浮現了一個計劃。

「嘿！傻大個兒，不要傻站在那裡，如果你想要的話，就過來吧。」維特出聲阻止。

菲絲莉亞再次尖叫道：「不！」黏液人真的轉過身，朝著維特的方向踏出笨重的步伐，這次她的恐慌是真的。

「菲絲莉亞，我現在有一個計劃，相信我。我很抱歉，就這樣離開，也許不是最理想的，但這種情況下，我必須和妳道別了！」維特低聲說道。

特林斯對於他舅舅的這番話感到困惑，而維特對他眨了眨眼。

賽勒被黏液人扔往牆上，他痛苦得用手肘撐住自己的身體，在地板上呻吟著。

菲絲莉亞趕忙從沙發上下來，趁著黏液人的注意力都在維特身上時，偷偷跑到賽勒的身邊，俯身探望她的小兒子。

「告別了，各位。」維特一邊往後，一邊與他的至親們道別。

黏液人一步一步向前，他們現在的距離很接近。維特面對著他們，故意穿過起居室的木門，讓他們遠離菲絲莉亞一家人，轉身進入大廳，黏液人在身後緊跟著。

特林斯最後瞥了他舅舅一眼，便快速將門關上並上鎖。

當維特進入大廳的時候，黏液人依舊跟著維特，跌跌撞撞地逼近他，奔跑的同時，他迅速從口袋裡掏出L. A. M.，插入鑰匙，按下按鈕，開啟了時空的漩渦。

突然一陣天搖地動，接著，維特以及黏液人被吸進了漩渦裡。另一個房間內的菲絲莉亞緊抱著她兩個兒子，心裡祈禱著。等到震動停止之後，母子三人扶著牆爬起來，瞪大雙眼，站在大廳門口，大廳裡每一個物品都保持原樣，彷彿什麼事情都沒有發生，只有掛在牆上的鐘還在賣力工作。

06

終於回家了？

他的心砰砰地直跳，努力讓自己保持鎮定，他成功了嗎？維特環顧自己的身軀；是的，他正安然佇立在自家房子裡。

然而，身後的腳步聲卻離樓梯愈來愈近，愈響愈大。

「我應該把L.A.M.藏在哪裡？」維特慌張地尋找可以藏匿的地點。

他焦急地跑到房子的閣樓上，因為快速奔跑，導致一陣旋風揚起身上的斗篷。

如果有人在此刻看到他，肯定被他的裝扮驚嚇到——身上穿著一身中古世紀的打扮，會讓人誤認他正在拍攝古裝劇。

維特深色的金髮，被汗水黏成一團，身上長袍也被汗水弄濕，整個黏貼在身上。L.A.M.掛在他的手指之間，現在它看起來像是一個普通的老式懷錶。

當他搜索閣樓上的幾個舊箱子時，他急著尋找一個合適的地方隱藏它。突然，他的目光落在了疊堆的相冊上；維特突然醒悟，他根本不應該出現在自己家的閣樓，他看到了面前熟悉的物品，讓他意識到，他整個計劃都出了問題。

「哦，好吧，我記得當時是把戒指放在她的手指上時，那個美好的時光似乎已經過去了……」他從中拿出一本相冊，翻著裡面的照片喃喃嘀咕。

然後他有了另一個想法：如果計劃出了錯誤，無論如何，他最好做點別的事來彌補。

「為了艾瑪的安全……」他低聲說。曾經在異世界，他讓家人屢屢處於危險之中；若是回到艾瑪的世界裡，他絕不允許再次發生這種事！現在，黏液人已經跟著他來到了地球，如果不及時阻止他們的行動，魅萊絲未來也許會來到這裡，威脅到艾瑪和孩子的安危。

維特小心翼翼地按下手錶背後的按鈕，取下鑰匙後就將錶丟進閣樓上的大型吊鐘裡面，站了起來，準備將鑰匙扔進一個雜物堆時，卻聽見身後的腳步聲快要接近他，而停下動作。很快地，他轉身便看見了緊追不捨的黏液人，已經爬上了通往閣樓的階梯上。

「它在哪裡？」第一個上樓的黏液人氣喘吁吁地問，已經沙啞的聲音變得更加難聽，維特不語。

維特害怕吊鐘裡的L. A. M.被發現，刻意靜止不動，同時擋住身後漸漸成型的時空通道，只是沉默地瞪著黏液人。黏液人沒有耐性往地上的雜物堆踢了一腳，「你要不要把東西交出來！你要知道，要是你發生了什麼事情，有想過你的妻子跟兒子會怎麼樣嗎？難道你願意讓未出生的孩子將來沒有父親的陪伴？」他露出陰險的笑容說道。

可惡，還要再一點時間。維特仍然沒動，將右手偷偷地藏在了背後，緊握著鑰匙，腦袋飛快地思考著要怎麼把鑰匙丟掉。

黏液人見維特還是沒有什麼動作，怒氣達到了頂點，「真是敬酒不吃，吃罰酒！我看不給你點教訓，你就不會學乖！」黏液人利用聲波擴散整個閣樓，天花板的燈泡瞬間爆炸，維特抱著頭痛苦地尖叫，閣樓的木頭架子倒了下去，一時之間，箱子劈哩啪啦倒成一堆。

該死的黏液人，如果他們沒有攻擊農莊，他不用一路逃竄，這個時間，他早已順利離開了。

「我警告你，你們不應該來，我不會讓你們毀了這一切！」在黏液人步步緊逼時，維特憤怒地威脅黏液人，他怨恨著魅萊絲到了最後，竟然也不放過他，設計了一個局，召喚出黏液人來攻擊他。

「從來沒有……永遠也絕不！」在黏液人即將靠近他的時候，維特大聲喊出。

「呵，那就這樣吧。」黏液人發出一個怪聲後，另一個燈泡也跟著爆炸了，燈泡的碎裂聲，交雜著尖叫聲迴盪在閣樓上。

「既然你們不願意讓我好好過生活，那就一起離開吧！」語畢，在黏液人衝上前時，維特跳進了已經變大的時空隧道中，在最後一秒，他將緊握在右手的鑰匙往雜物堆丟了過去。一聲巨響之後，維特和黏液人全部消失了，閣樓就像是沒有任何東西存在過一樣，恢復了原本的寂靜。

然而，事情的確發生了微妙的變化。

剩下那支L. A. M.靜靜地躺在閣樓的大型吊鐘內，指針滴答滴答地走著，似乎在等待新的發現者……

Vitya Malonti

Proloog van Jonas Dubelaar

國家圖書館出版品預行編目 (CIP) 資料

幻龍極境：維特將軍的時空旅行 / 史安美 (Annemiek Steur) 作 . 翻譯 . -- 第一版 . -- 臺北市 : 博思智庫 , 民 108.02 面 ; 公分

譯自 :Vitya Malonti:Proloog van Jonas Dubelaar

ISBN 978-986-97085-3-1(平裝)

881.657 108000090

FIKA 013

幻龍極境 維特將軍的時空旅行

作　　者 | 史安美（Annemiek Steur）
翻　　譯 | 史安美（Annemiek Steur）
封面繪圖 | Olivia prodesign
主　　編 | 吳翔逸
執行編輯 | 陳映羽
專案編輯 | 千樊
美術設計 | 蔡雅芬

發 行 人 | 黃輝煌
社　　長 | 蕭艷秋
財務顧問 | 蕭聰傑
出 版 者 | 博思智庫股份有限公司
地　　址 | 104 臺北市中山區松江路 206 號 14 樓之 4
電　　話 | (02) 25623277
傳　　真 | (02) 25632892

總 代 理 | 聯合發行股份有限公司
電　　話 | (02)29178022
傳　　真 | (02)29156275

印　　製 | 永光彩色印刷股份有限公司
定　　價 | 200 元
第一版第一刷 中華民國 108 年 2 月

ISBN 978-986-97085-3-1

博思智庫股份有限公司
博思智庫粉絲團 Facebook.com/broadthinktank

精選好書 盡在博思

Facebook 粉絲團 facebook.com/BroadThinkTank
博思智庫官網 http://www.broadthink.com.tw/
博士健康網 | DR. HEALTH http://www.healthdoctor.com.tw/

FIKA

瑞典語「喝咖啡的休憩時光」及「與好朋友一起共享」，給予休閒兼具療癒的愜意感受，
符合現代人既懂得獨處又樂於分享的需求。

戀・練行書：
冠軍老師教你行書美字

黃惠麗 ◎ 著
定價 ◎ 280 元

筆酣墨飽行雲流水，揮毫落紙拂塵生慧。行書介乎楷書與草書之間，書寫便捷，是生活中最實用的書體。
寫字冠軍黃惠麗老師教你——讓筆尖在紙上如雲似水地遊走，寫出專屬自己的行書美字，讓寫字更貼近生活，進而成為生活的一部分！

戀字・練字：
冠軍老師教你
基本筆畫練習手帖
（練字首部曲）

黃惠麗 ◎ 著
定價 ◎ 240 元

寫字，是建構的過程。
提筆，按、提、挑、捺，一筆一畫、一點一滴。
不只構築了一個字，更成就了完整的自己。

練字二部曲：
冠軍老師教你
部首部件練習手帖

黃惠麗 ◎ 著
定價 ◎ 200 元

一切寫字的基礎，都在這裡。
冠軍寫字名師融合書法與硬筆概念，寫出療癒美字！

練字三部曲：
冠軍老師教你
難寫的字練習手帖

黃惠麗 ◎ 著
定價 ◎ 200 元

寫字冠軍老師親自示範，把「難寫的字」變簡單！
各種結構複雜、筆畫繁多的字，怎麼寫，都漂亮！

FIKA

瑞典語「喝咖啡的休憩時光」及「與好朋友一起共享」，給予休閒兼具療癒的愜意感受，
符合現代人既懂得獨處又樂於分享的需求。

北歐創意行李箱：
打開卡米拉的藝想世界
The Suitcase Series Volume 1:Camilla Engman
卡米拉．殷格曼
（Camilla Engman）◎ 著
曾院如 ◎ 翻譯
定價 ◎ 320 元

通常北歐給人的第一印象——「北歐人怎麼這麼開心啊！」這種開心、愉快、悠閒、清新、純淨體驗，一如卡米拉．殷格曼的作品，結合豐富的生活，呈現獨特的北歐藝術風情；卡米拉活躍於設計、攝影、插畫等各個藝術領域，風格鮮亮簡約，完整體現對生活細節的美學觀察與想像。

生活．布思議：
蒂芙的編織、創意與狗
The Suitcase Series Volume 2:Dottie Angel
蒂芙．佛賽兒
（Tif Fussell）◎ 著
蕭麗鳳 ◎ 翻譯
定價 ◎ 350 元

原來，布可以這樣玩！一塊平凡無奇的布，可以創造多少樂趣？經過蒂芙．佛賽兒的巧手，縫縫補補、剪剪貼貼，一塊布可以創造的樂趣是——無限！實用之外，更完整呈現出「樂在生活」的人生態度。
現在，請打開本書，感染創作者的愉悅氛圍，享受編織手作的無限樂趣！

永不說再見
龔華 ◎ 著
定價 ◎ 280 元

當疾病叩門，身體與內在的自我療癒對話！
當代傑出詩人——龔華，多年前罹患乳癌，但是她並未被疾病擊倒，反而用文字證明：生命，才正要開始。承繼《疾病的隱喻》，一本感人的家族書寫，溫馨的疾病文學，更是以詩畫互文見證生命韌性的生命寫作。

親愛的，這不是一封信
亞瑟．依羅 ◎ 著
Chili ◎ 圖
定價 ◎ 280 元

這本書，寫給因愛情而頹廢的你。
一篇篇眷戀的語彙，搭配輕盈又沉重的手作圖。
隨著季節、場景的更迭，療癒戀人牽扯的傷痛。